李小洛

20世纪70年代初生于陕西安康。安康市文联副主席,安康市作家协会副主席,首都师范大学2006年度驻校诗人,陕西文学院签约作家。著有诗集《偏爱》《偏与爱》,随笔集《两个字》,书画集《水墨系》等。曾获华文青年诗人奖、郭沫若诗歌奖、柳青文学奖。当选"新世纪十佳青年女诗人""中国当代十大杰出青年诗人""陕西省百名优秀文学艺术家"。

长安新诗典

孤独书

李小洛 著

陕西新华出版传媒集团
太白文艺出版社

图书在版编目（CIP）数据

孤独书/李小洛著．— 西安：太白文艺出版社，
2017.6（2020.1重印）
（长安新诗典）
ISBN 978-7-5513-1179-3

Ⅰ．①孤… Ⅱ．①李… Ⅲ．①诗集—中国—当代
Ⅳ．①I227

中国版本图书馆CIP数据核字（2017）第147030号

长安新诗典
孤独书
GUDU SHU

作　　者	李小洛	
策　　划	韩霁虹	
责任编辑	马凤霞	
封面设计	李世豪	
版式设计	张洪海	
出版发行	陕西新华出版传媒集团	
	太白文艺出版社	
经　　销	新华书店	
印　　刷	天津行知印刷有限公司	
开　　本	889mm×1194mm　1/32	
字　　数	100千字	
印　　张	6.25	
版　　次	2017年6月第1版	
印　　次	2020年1月第2次印刷	
书　　号	ISBN 978-7-5513-1179-3	
定　　价	25.00元	

版权所有 翻印必究

如有印装质量问题，可寄出版社印制部调换

联系电话：029-81206800

出版社地址：西安市曲江新区登高路1388号（邮编：710061）

营销中心电话：029-87277748

序

最诗意,在长安

韩霁虹(太白文艺出版社总编辑)

送你一个长安 / 李白杜甫 司马长卷 / 唐风汉韵 锦绣斑斓 / 采些许诗意观照明天

诗人薛保勤吟唱的长安,是"一城文化半城神仙"的诗长安。这里有诗经故里的"蒹葭苍苍白露为霜",有终南别业的"行到水穷处,坐看云起时";这里有沉郁忧思、欲"大庇天下寒士俱欢颜"的杜甫,有傲视八极、"天子呼来不上船"的李白;这里曾经绿枝低垂灞柳风雪,这里曾经樽壶酒浆曲江流饮。

郁郁《诗经》,浩浩汉赋,煌煌唐诗。真是个从千年诗脉韵律中迤逦而来的诗都长安。

当年诗意盎然的长安,今安在?

被称为"文学大省"的陕西文坛,当下更多关注、推崇的是长篇小说。成就丝毫不亚于小说的诗歌群体,大多疏离于体制之外,被忽视且边缘化了。

然而,独立探索,自由先锋,守常求变,孤芳自赏,陕西的诗人们倔强生长,墙内开花墙外香,活跃在全国乃至世界的诗坛。几乎每一个重大的诗歌事件,陕西诗人都未缺席。但陕西诗歌的整体宣传和出版却在缺位状态。

有些人是读着诗慢慢成长的,有些人是读着诗慢慢变老的。作为一个中文系毕业、在诗歌陪伴下成长并变老的文学编辑,对于陕西繁茂又略显沉寂的诗坛我是有些耿耿于怀的。

于是有了这套"长安新诗典"。召集活跃在当下诗坛的陕西最有代表意义的六位诗人,自选出道以来最满意的诗作。每人一本。

阎安、伊沙、耿翔、秦巴子、李小洛、周公度,六位诗人,诗歌立场和美学趣味不同,在体制内与体制外、传统与现代之间,保持了各自不同的精神气质。他们以匍匐的姿势聆听万物苍生的一呼一吸,用细微和宏大的多维视角解读大地和生命之美,标明自己灵魂所坚守的精神高度。他们与"哀而不伤,乐而不淫"的古老诗歌美学遥相呼应,与"这是信仰的时期,这是怀疑的时期"的当下时代一同起舞。他们安静沉稳拙朴,他们狂放自由灵动,他们温情又冷峭,他们自信又舒展,他们以自己的才气和力量书写了当代中国知识分子百感交集的成长史和心灵史。他们写作的丰富性改变了传统诗歌的面貌，对我国当代诗歌时代性的转型和读者接受心境上的改造有令人惊讶的开路先锋式贡献。他们是陕西乃至中国诗歌的光荣与梦想，将为中国乃至世界诗坛新诗的发展留下浓墨重彩的独特文本。

这不就是最长安的最诗意吗？

中国诗歌的灵魂在长安。这里曾经是中国诗歌的高峰，也是世界诗歌的高峰。即使在新时期，陕西诗人在中国诗坛依然群星交相辉映。

有人说，当下陕西诗歌有高原无高峰。

读读这六位诗人的作品吧。如果读懂了他们的温柔与霸气，触摸到了这些诗歌的灵魂，你就不会说上面那句话了。

伊沙说，西安没有诗歌，就是西安；有了诗歌，才是长安。

一座城市因向诗人致敬而拥有了诗意。

最诗意，在长安。

2017年6月

目　录

省下我·003
我要这样慢慢地活着·004
上帝也恨我·005
傍晚的时候·006
一生的快乐·007
这个冬天不太冷·009
运菠萝的卡车·010
我爱上一只麻雀·012
我要去看望我另外一个面孔·013
创世记·014
我爬上了一辆运煤的火车·015
给小月的诗·016
无题·018
背影·019

020・找到那个要送你玫瑰的人

022・做一个享乐主义的人

024・这些都是假的

025・青春啊青春

026・这么快

027・孤独

028・墓志铭

029・你们为什么都从不相信

031・外婆

033・在街上看到一个熟人

035・这封信不寄给谁

036・想起一个人

038・我要出趟远门

039・我不怀念你

040・查拉图斯特拉如是说

041・等一个人

042・他说起一头狮子

043・一只乌鸦在窗户上敲

我不喜欢世界上的那些风·045
只有最后的一颗眼泪了·047
我的俩姐妹·048
捏造·050
我想念那些亲人·052
到医院的病房去·053
为了接近一个秋天·054
围墙·055
背对着火车行走的方向坐下来·056
在这个好的春天里·057
我的双腿背叛了我·058
我们寻找的东西·059
上帝让我找人·060
青春啊青春·061
长工·062
那些蚂蚁为什么不飞起来·063
逃犯·064
那些响声·066

067・我不在

070・一个人在路上走着

072・我不能停下来了

073・某年某月某一天

075・青草翻来翻去

076・整个世界住在我的泪水里

077・冬至过后

079・我并不是一个贪婪的人

081・在晚上外出的原因

082・要原谅

084・我没有

086・让我来安排这个世界

088・一个怕冷的人

089・秋天以后

090・那些石头

091・这个冬天

093・更加安宁的一天

095・幸福村

我们交换雨伞·096

父亲的魔术·097

好久没有哭过了·099

乞求·100

当春天到了陕南·101

在这个秋天，一头熊失踪了·102

再一次经过加油站·103

一只暖水瓶爆炸了·104

暗示·105

我看着一条鱼·106

从你那里过来的这些雨·107

像一株蓖麻那样漫不经心·108

你走的时候·109

我要指给你看·111

我看到·112

我这样形容坐在一列火车上的我自己·113

雨是从哪儿下起来的·114

到那些可以去的地方晒晒太阳·115

116・到了秋天

117・我的故乡

118・我最爱的人

119・遇见你之前

120・你不在的一天里

121・一个有缺点的人

122・像一条蛀虫那样

123・一切都按原来的模样

124・十月以后

125・秋天刚刚来临

126・我们放马、写信

127・我叫它们什么

128・神啊

129・拒绝之词

130・在路上

131・异样的夏天

132・钉子不死

133・天黑以前

完美的囚徒·134

但是，该告别了·137

洪水过后·140

寻人启事·141

故乡道中·143

我们·144

沉默者·146

低语者·150

旁观者·157

瓷房子·162

晚安之后·164

凌晨四点，北极光越来越短·166

我说的牧羊人·168

等·169

当风吹过·171

最后一吻·172

再致阿波罗·174

一切都来不及了·177

178・我正走着的这条路

180・一切都过去了

181・去往南山

183・预想中的

185・安康居

孤独书

省下我

省下我吃的蔬菜、粮食和水果
省下我用的书本、稿纸和笔墨
省下我穿的丝绸,我用的口红、香水
省下我拨打的电话,佩戴的首饰
省下我坐的车辆,让道路宽畅
省下我住的房子,收留父亲
省下我的恋爱,节省玫瑰和戒指
省下我的泪水,去浇灌麦子和中国
省下我对这个世界无休无止的愿望和要求吧
省下我对这个世界一切的罪罚和折磨
然后,请把我拿走
拿走一个多余的人,一个
这样多余地活着
多余地用着姓名的人

我要这样慢慢地活着

我要这样慢慢地醒来
慢慢去晒那些照进院子里的太阳
慢慢地喝酒，写着诗歌
在一些用还是不用的语句上
慢慢地犹豫
我要慢慢地说话
等着冰雪融化，等那些迟早
要开的花朵，慢慢地
坐在田野上，看比我更快的蜗牛们
沿着一些时光的轨迹慢慢地爬行
我要慢慢地恋爱
享受完每一场筵席的甘露
慢慢怨恨，让它们陪伴我的
时间更久一些
我还要慢慢地喝着杯子里的水
回首一条春天的路
慢慢地哭泣，慢慢地欢笑
让一切因果慢慢地发生和循环
最后，我要慢慢地过完这一生
再慢慢地在傍晚里死去

上帝也恨我

我只是一个简单的身体
所以电话里只存一个号码
所以窗子上只涂一种油漆
所以园子里只种一种植物
我只是一个简单的身体
所以我有简单的眼睛
简单的唇角
头发也是简单地
简单地黑着
所以上帝也恨我
它只让我认识一条向北的路
只让我听到一首春天的歌
就连秋天我也不要它的浆果
所以，我常常挨饿，常常孤独
看到的天空，也总是一种冷冷的颜色

傍晚的时候

傍晚的时候,我离开了一群
上山的伙伴
一个人去了山谷
一条只有荒草和石头的山谷
我沿着人们走过的那条线路
让自己安静下来
安静得像块巨大的石头
天色越来越暗,越来越暗
风从低处吹过来,吹过
那些荒草,吹动了我的衣襟
我在这个时候,突然有一些恐惧
一些寒冷和失望
就学着松树的样子
对着天空三击掌
可是一直等到后来
等到深夜
等到出现的又一个清晨
也还是没有听到那个返回的声音

一生的快乐

这些房子,每一间
我都想进去坐坐
哪怕一个小小的角落
那里有一束阳光,有一位老人
揣着日记和脆弱
我就会像一粒灰尘
短暂的一生,漫长的寂寞
这些火车,每一列
我都想随它们走走
不管它们开往哪里
不管铁轨在这儿铺
在那儿铺
一直铺到了南极
那些遥远的冰雪
我都愿意热爱它们
热爱　这个世界的寒冷和残缺
这些话语,每一句
我都想随便说说
说一说我的裙子
深秋了,那些裙子上的花朵
我和它们一样

开着,开着
有一天,累了,凋谢了
我就停下来,啊,停下来
停下来的世界,多像一个巨大的湖泊

这个冬天不太冷

这个冬天不太冷,广场上的雕塑还没有竣工
我从一扇关闭已久的门里走出来
穿过了这个热火朝天的劳动场景
这个冬天不太冷,箱子里的啤酒
还剩下了最后两瓶,我靠在刚刚燃起的
炉火边,慢慢地喝着它们
我像担心着一场早已开始的宴席
担心一些人会提前走掉
而不忍,把杯子里的酒,一饮而尽
这个冬天,风经过琴键时
发出了呜呜的声音。补丁在天空上
像一些飘浮的云。我站在夜晚的中央
像一只被人类领养的小苍蝇
像孤独的药棉住在人类的伤口里
每天晚上,我是那么晚地睡下
我是那么早地醒来
我是那么地思念着,一个
躲起来,让人找不到的人
啊,那个荒凉、遥远、面孔模糊
迟早要来敲门的人

运菠萝的卡车

我不知道那些运菠萝的卡车
是从哪儿来,那个站在卡车上
兜售菠萝的人又是从哪儿来的
这些卡车,运来了一个城市
热闹的黄昏,和一群
围着卡车挑选菠萝的人
可是,曾经在房间里
和我分割菠萝的那个人
他已经走了
他临走时告诉我
步履要慢,步履要慢一点
再慢一点:湍急的小河啊
很快就走完了青春
火车跑得那么快
也不能一下子,就把一生的隧道
一生的黑暗都走完
他让我多想想草木、植物们的一生
想想山坡上那两棵挺拔的乔木,它们
一生一世也站不到一处的
快乐和痛苦
现在,秋风已淹没了村庄

田野上空无一物
从北方开来的卡车
早已运走了他的庄稼
他或许坐在一片果园里
或许去了小镇上的邮局
或许又骑着车子
经过了湖边
一个人装着不经意的样子拍着
另一个人的肩膀
就像当年在唐朝的流放地
在昏暗的客栈里
那个醉倒在村头的诗人
退掉了帝国的聘礼
和麻雀乌鸦，混在了一起

我爱上一只麻雀

我爱上一只麻雀
爱上它在秋天的背影
灰色的眼睛，从云尖
孤独地走过
我爱上这只麻雀
爱着这个沉默在田野上的野孩子
像热爱大地上的落叶一样
温柔地爱着
在冬天刚过，刚刚开垦的
一片荒坡上，我爱的这只麻雀
它在太阳这盏陌生的路灯下
一对翅膀的影子，从天空垂下来
一直垂到了祖国的江河
它从世界的黑里飞出来
飞啊，飞啊，飞得
多像一只幸福的麻雀

我要去看望我另外一个面孔

我又背起了行李
背起五月一个阴天上路
我要去那些更远的秋天
更虚假的世界
寻找不同世界里不同的
泥土和灰尘

因此,我丢掉了以前用过的地图
放弃了从前在上面标过的
记号、地名和线路
绕过了从前住过的旅馆和房间

我撑开帐篷,摊开床铺
和那些夜深的风
蚂蚁、昆虫们住在了一起

我让它们在我的身体上,筑巢
在我的眼睛里,哭泣
在我的心灵里,做梦
啊,为了折磨它们,我还让它们
在我的道路上行走
走啊走啊,一直背着这个巨大的包袱

创世记

第一日,我们
在神的安排授意下相遇
第二日,从黑夜醒来
打量,凝视,相互欣赏
看见神
第三日,早睡早起
你带我去花园、草地
把影子印在泥土上
第四日,阴天
第五日,密云不雨
第六日,第七日
我们从黑暗里站起

我爬上了一辆运煤的火车

天黑时，我爬上了
一辆运煤的火车
在倒数第四节的车厢里
和那些煤们坐在一起
我的身体漆黑
只有眼睛像挂在车头上的
两个灯笼
枯红地亮着
不时打量一下那些躺在身边
睡着了的煤
可我不问它们为什么要去流浪
为什么要离开温暖的故乡

我只是无意间才爬上了这列火车
这是一列运煤的火车
火车上堆满了煤
煤要运到远方
我想我会和它们一样
会被运进一片炉火的海洋

给小月的诗

小月,你告诉我,你
最恨的是玉米
那些玉米,至今长在你们的村子里
渭北平原上,那些饥饿的村庄
它们的肤色,总是玉米晒干后的颜色
小月,你还告诉了我
另一种植物:荞麦
它们也是粮食,却轻得
像一群溃败的影子
你告诉我,它们在春天爱穿的
几件外衣,和秋收时
一群麻雀飞过
它们是怎样像一捆芝麻那样
张开了小小的嘴巴
贴近了夏天和大地
小月,你们的家,你们的家门口
肯定还有一片小小的菜地
一棵枣树,结出了几个酸枣
早起的母亲迎着露水,拔草
去了更远的田地
但这些,小月,你却没有告诉我

你说，天黑了，我要走了
工厂的大门是在半个小时前打开的
这会儿肯定就要关闭了

无题

我穿过一片菜地,看到那个
种菜的男人,他下蹲的姿势
以及,多年后
他永远蹲下去的姿势
多年前,他在一个长满松柏
和荒草的坡地上劳动
他浇水、锄草,孩子们在身后
和春天的庄稼混在一起
有一年秋天,他在院子的一角
修筑着仓库,把腰上一串
黄铜的钥匙,摘下来
摘下来,放在地面上
当时,母亲提着一篮
青菜,从门外回来。我含着眼泪
看见,他的微笑,从黄昏的
廊厅间,移转过来
我走上去,摸摸他,摸摸
那年四月一条飘满麦香的小路
我跟在后面,知道
他的腿疼又犯了,却沿着
这片菜地,又走了回来

背影

这一次,父亲出门时带走了
一袋草籽,他是背着草籽离开的
他要让自己在这个春天
尝试着去过另外一种生活,一种
不同于种植蔬菜和粮食的新生活
我和母亲放下了手里的毛线
送他到村口,我们的眼里饱含
热泪,他却没有回过头来看我们
背着他荒草般的背影在春天
一步一步越走越远

父亲要去的地方是片山坡
多年以前他的父亲在那里修好房屋
满坡的野棉花啊
就挤满了他们下山的路
他这一次真的上山去了
他留下秋天的庄稼和粮食
留下了我和母亲的空房子
也留下了春天这一片疯长的荒草地

找到那个要送你玫瑰的人

今天是二月十四日
我等着有人用卡车送来玫瑰
那些玫瑰像草垛
随便地堆在车厢上
满大街的女人们因此而惊慌失措
纷纷低下头,去寻找地上
那些远逝的青春
今天是二月十四日
我等着有人用火车送来玫瑰
那些玫瑰像枕木
整齐地铺在铁轨两旁
铁轨越铺越远
铺到了天堂的门前
今天是二月十四日
我等着有人用飞机送来玫瑰
我等着有人用轮船送来玫瑰
那些玫瑰让天空拥挤,太阳低垂
那些玫瑰让甲板倾斜,大海落泪
海鸥们也无家可归
今天是二月十四日
那些花店里摆着的,花园里种着的

院子里长着的，阳台上开着的
世界上那些活着的玫瑰
那些红色的、蓝色的玫瑰
有颜色的玫瑰
它们，统统被采了下来
它们，统统被送给了我
送到了这个房间、这个春天里
所以，你不能再坐下去了
你不能再等下去了
天气晴朗，阳光明媚
你要赶到那些玫瑰还在路上的时候
迅速找到那个要送你玫瑰的人

做一个享乐主义的人

我要做一个享乐主义的人
我要用光这个世界
我要用光世界上所有纸巾
擦干身体内的血
我要用那些血迹一样怒放的花朵
去表白我打开的快乐
用光那些花朵一样的衣服
那些泪滴一样的珠宝
让你们看见我,爱上我
——然后,我要用光你们
让你们做我的筷子
做我的口红
做我的影子和小偷
我的邻居和乞丐
我要用那些修好的马路、公路、铁路
空气中的漂泊之路
海水上的流浪之路
回到你们的身边
拍拍你们,拍着你们瑟缩的肩膀
说,我来了
我来了,来到了这个世界上

来到了世界这个宽大的床上
宽大的病床上
就是为了用光你们
让你们也用光我
让你们，这个世界上活着的蜜蜂
这个世界上活着的苍蝇
这个世界上半死不活的男人和女人
和我一起享乐的

这些都是假的

这些都是假的。我给你的微笑
我流的眼泪,我说过的话语
都是假的
我唱给你的歌声,我写给你的诗歌
我送给你的玫瑰
也是假的
我给你的拐杖、棉衣和鞋子是假的
我给你的房门上的钥匙也是假的
(昨天,我刚刚从房东那儿租赁了它们
我刚刚从上帝那儿租赁了这个世界)
包括我现在呈现给你的黑暗和苦难
我克隆给你的阴影
我现在正在说着的这些话
统统都是假的。啊
都是因为我们向来
塞满了溃败的芦苇和尘灰都是假的!

青春啊青春

就那样上山,下山
就那样沿着流失的
时光。沿着时光的
顺序,去一个山坡
一个森林。去看一个
笑容可掬,冬天的
花园

这么快

这么快,就放弃了
像赌徒被砍断的食指
指头还在原地不停地屈伸
这么快就不再跳动了
像一颗被替换掉的心脏
一个闲置的鱼塘
当天鹅和大雁去了南方
这么快,岸边垂钓的人
肩膀已被鸟粪深埋
荒草,荒草,荒草
也遮住了送行的人群

孤独

让我摸摸那盏灯
让我摸摸你的名字
让我摸摸那些火柴中
最孤独的一根,白色的琴键上
留下的傍晚和余音
让我摸到你的门槛
让我摸到你饱含泪水的
泥土、高度和秘密
让我知道,这个世界错了
这面镜子也错了——
我是那么地爱你
却是天空下最灰暗的一个

墓志铭

这个世界上有些人已经走了
这个世界上有些人还要留下来
这个世界上有些房子
就显得有点空旷
这个世界上，如果还有两盏灯
两盏装满了桐油的灯，就必须有人
把它们移到一起
再看见那些爱你的光

你们为什么都从不相信

我曾经告诉你们我想念你们
也想念曾经来过的一个夜晚
秋天的石榴树
和柳树站在一起
我曾经用羽毛蘸上颜料和水
在你们到来的夜里写诗
汗水,一层高过一层

我曾经告诉你们
我只是一种植物
我只是一个病人
我和这个世界
和街上的行人一样
懒得说话,懒得运动
懒得打扮,懒得笑
也懒得打开钢笔去写一部
事关麻雀的史书

我曾经告诉你们
整个世界都躺在一张病床上
男人和女人,挤在一起

那些有欲望的人
那些走在路上的人
有的快,有的慢
有的去了北边
有的去了南边
但他们都是一些有欲望的人
他们不说话
都是一些朝着自己的欲望走去的人

我说,上帝的欲望是和人一样的
把讨厌的人放逐
把喜欢的人紧紧搂在怀内
我来到这里
是一路倒退着
只是退到这里以后
就再也无处可去了

你们为什么都从不相信?
你们为什么都从不相信?

外婆

1924年，春天。陕南，安康
赵家大院，风好大
吹着月季、蔷薇、三月的桃花
她穿着一身丝绸，一个女人
六岁的小裱
1936年，赵府的灯笼，赵府的
窗花。有人悄悄附在她的耳边：
留洋的姑爷回来啦。
1937年，漫天飞舞的柳絮，漫天飞舞的
杨花。她哭了
一乘清晨的花轿抬上她
另一个镇子，另一个
大院，春天
栅栏，好一道倾斜的篱笆
提着鸟笼的男人住在鸟笼里
摔碎镜子的命运住在玻璃里
1948年，1948年
第二年的夏天
第二年是一匹花白的苎麻
孩子们哭着父亲，她哭着
一个世界的黑，一只飞进体内的

乌鸦。她描红的手艺
几天后,手中的锄柄
也轻轻地放下。松开了
女儿:母亲,小姨
我们在很远的地方称呼她:外婆
却没有见过世界上的
青草,世界上的
落日和晚霞

在街上看到一个熟人

在街上看到一个熟人
一个上次也在场的熟人
就看到十月的雨天
下雨的一个早晨
你披在我肩头的毛衣
温柔向下的水滴

那个人其实与这些无关
与后来的火车也无关
她只是存在于一个早晨的背景中
孤独地走过了那个现场
甚至只像一滴雨水敲打在雨伞上
这时候，她只是一种突然的表情
让我站在人流纷至的路口
不知该快乐起来还是要更为忧伤

这时候，她只是
让我想起来
你说过会去一个岛上
那个地方没有楼房
也没有电话

我还想起来
距离这个日子
已经愈来愈近了

这封信不寄给谁

我又在清晨起来的时候
写信。这是我一生都在做的事
这一封信我将不再写上
地址,那些省份已被太多的人
写过,我想念那个我爱的人
却从未说出那个爱我的人
我坐在这个露水厚重的早晨
写信,露珠也不见得更为
清澈。我重复地写到爱情
也并不代表我爱你爱得有多深
也并不代表,我是一个遵守时间的稻草人
我只是在这个早晨里写信,在
太阳抵达山边的时辰,这一封
信我会反复地提到早晨,提到
北方,你也一定早已起来
又去了湖边的那片菜地
在这个早晨以外,我还在所有的早晨
写信,写那些青草因为
有了夜晚才更渴望见到清晨,见到
太阳在山边的微笑,就像在人潮中
你并不是出现得最早,但在我张望的时候
你的光芒,恰好拨开了这片清晨的乌云

想起一个人

在这个冬天
我想起来一个人
想起曾经和一个人在一间房子住过很多年
很多年了
都想问他一句话
在他刚搬进来的时候
我还没有想起来这句话
我穿棉布的裙子
吃嫩绿的蔬菜
鱼缸里装满了清水和菊花
那句话是在一场搬动砖头
砌墙的劳动里诞生的想法
当我想问问他
后来他却搬走了
在一个下雪天
一步一步,从雪地里拔出了他来时的脚印
再后来的事情有一些改变
我再也没有在上楼下楼时
或者变换的天气里见过他
他去了南方
也许回了乡下的老家

那句话,就这样一直搁着
像搁在冰面上的一条破船
一场春风吹来,终于吹疼了我的面颊

我要出趟远门

出门之前,我要把这房间里的沙发
桌子和床单,再摸上一遍
我要把这房间里的灯光、扫帚
和灰尘,再摸上一遍
然后,用白色的棉布盖好它们
因为,这一次,我会离开很长一段
日子,我要一个人出趟远门
我要留下它们
像一个总是不能带上我走的人一样
孤独地留下它们
留下这群一直守护在我身边的仆人
当我走出门,我还要回头
再摸摸门上的那把锁
看它是不是真的已经锁紧
因为,这一次啊,我真的是要
离开很长很长的一段日子
我真的是要去找
那个离开了很久很久
却又没有地址的人

我不怀念你

我不再怀念麦子
怀念麦子风情万种的舞蹈
我坐在冬天的火炉边喝酒
喝一杯新酿的啤酒
我也不再怀念那些荒草中的牛
曾经眼神温柔地
注视着婴儿的摇篮
以及眼眶里丰沛的泪水
走过了一个冬天
就像人突然上了年纪
回头也要慢半拍
你走以后
风就来了
还住进了你住过的帐篷
它在夜里吹埙
还让炉火笑出了深夜的笑声
所以，不再怀念这个世界上的一切
我决定不再怀念羊群
不再怀念那些绵羊们身上的毛衣
也不再怀念你

查拉图斯特拉如是说

后来你告诉我
这个缓慢的年份里
有一幅城市通俗的水粉画
其实有好多的画家
都在画着
有一只蝙蝠飞着,飞着,路过了
邻居的房顶,飞回了心灵的深处
你告诉我
一个城市,是那么小
小得,就像一滴蚂蚁的眼泪
我们从来就不是蚂蚁
却像蚂蚁一样,低微
谦卑地呼吸
迎着墓草和回忆
后来,你说后来
我们就是这个样子
不穿裙子,不用路灯
也不是走在一条这样笔直的马路上
但我们走啊,走啊
一直走啊
瞧,我们最后竟然是
如此快乐地逃出肉体啦

等一个人

等一个人，就去大街上
看看，在橱窗的玻璃前
照一照棉布的衣裙
等一个人，就去邮电大楼
看看，我不写信，电话里
我也说不清这个城市多变的气温
那些穿绿衣服的邮差们，忙出忙进
我只是一个过路的人
等一个人，就去车站的候车室
看看，看那些可以抵达的
车次，有没有更换或者删减
人群中或许能有几张亲切的
面孔，能有一群北回的雁阵
它们有一些温暖的翅膀
我却不能借来去找我爱的人
等一个人，就要恳求冬天的太阳
不要走进黄昏的丛林，就要等到屋檐下
冰凌开始融化，蚂蚁们也搬进新
房子，那只在老家的春天里衔泥的燕子
也嫁给了幸福的陌生人

他说起一头狮子

他说高原上有一头狮子
在黄昏里唱歌
庞大的歌声从乌云
从鹰翅,从夜里不曾睡下的石头
和森林中穿过
他说,你信不信
那头狮子在唱歌的时候
样子漂亮极了
像月光,像草地
像雪山,抱着自己庞大的影子
在天地间走来走去
安静的鬃毛
安静的胡须
我说我相信
我相信那头会唱歌的狮子
他已经来了,在这个世界上
这个灰暗的秋天里

一只乌鸦在窗户上敲

一只乌鸦背着影子
在天上飞
没有人知道它引领的亡魂
那些影子
足以压垮一只乌鸦的重量
他们只知道
乌鸦的沉默

一只乌鸦在窗户上敲
它告诉那些睡在夜里的人
要看好自己的影子
不要让他们走夜路
也不要离开房间,离开灯盏太久

没有人理它
也没有人听它的
他们用树枝、石头驱赶它
他们把它叫作乌鸦

只有那些被上帝圈点过的影子
在最后的夕光里

抓住了它的羽毛
爬到了它的脊背上
这些过惯了享乐生活的人啊
他们要最后一次抓住享乐的翅膀
抓住乌鸦,飞着去天堂

而那只乌鸦
就背着他们往前飞
从沼泽、荒草上往前飞
没有人知道它最后要去哪里
没人知道它最后的巢穴在哪里
当初上帝在造它的时候
也没有考虑过其他的颜色
没有在后来分配工作的时候
发一张表格给它
想起来要问一问它
一只乌鸦的理想是什么

所以,一只乌鸦的一生
就是命中注定的
就是一只乌鸦的一生啊

我不喜欢世界上的那些风

我不喜欢那些风
它们刮起来的样子
老让我想起一个讨厌的人
我不喜欢那些风
它们总是弄乱我的头发
我的裙子,还有我脸上
那些好不容易安静下来的
眉毛和表情
这一群贪生怕死的风
一群好逸恶劳的风
夏天躲在山洞里睡觉
秋天又像一面镜子那样
跑出来恣意招摇
对于那些穷衣烂衫的朋友
它们一哄而上
对于那些穿着皮衣的人
却从来不敢靠近
只是在他们的身后整天拖着长尾巴
低眉顺眼
发出讨好的呜呜声
所以,我向来不喜欢这些风

不喜欢近处的这些风
也不喜欢那些远程的风
不喜欢从身后吹来的
也不喜欢从身边吹过的

只有最后的一颗眼泪了

只剩下最后的一颗眼泪了
我在犹豫着要把它流给谁
那些我爱的人
我不能流给他们
一颗眼泪砸下来
砸不出巨大的雨点
也惊不出春天的雷声
更不能让他们从花园的深处回过头
那些爱我的人
我也不能流给他们
他们爱我都在我还活着的时候
有一天我走了
他们也会像爱我一样爱上别人
一颗眼泪就像一场梅雨
就像一个女人的一生
所以我最后的最后一颗眼泪
我一定不能轻易地把它流下来
我只会让它在眼眶里深深地蓄着
我只能把这最后的一颗眼泪
留给我自己，流给我最心爱的人

我的俩姐妹

我又想起我的另外俩姐妹
张爱玲和狄金森
我又想起她们
不知道她们现在都在哪儿
干些什么
是不是和我一样
在夜深里喝酒
写诗,面对着天空发呆
是不是她们也在想我
想留在家里的月光和钢琴
在这个春天
我想念着她们
想念着从前我们
一起穿过两道篱笆
走进郊外的麦田
我穿着和她们同样的高跟鞋
同样的长筒袜和丝巾
傍晚了,我们走到了一个水塔的附近
看着高高的塔尖
从塔尖上流下来的河水
看着远处更高的塔吊

像一个独臂的巨人
我们曾是那样地快乐。那样地
爱着那些喝水的人
——只是,她们老了
步履很慢。需要不断地
停下来,停下来歇一歇
等一等,那些后面的人

捏造

我承认许多夜晚我都在失眠
我承认我的杯子里
注满了清水,注满了回忆
安眠药和虚假的谎言

我还曾经在从前的春天里
捏造过花朵,捏造过河边的青草
把春天堤坝上散步的人
捏造成幸福的情侣
让他们爱得没有退路,永不回头

我承认,我还捏造了你
捏造黄昏里灰暗的邂逅
你手里抱着一枝蓝色的鸢尾花
感动得我流下了狐狸的泪水
上帝躲在天上看我们
不再恨祂的孩子,也不再
追究那些有过失的人

其实这是一些简单而辛苦的事
在离开这个世界之前

我还要捏造一个自己
我要把自己捏造得完美一些
要像一个英雄或者美女那样
站在人群的中央
让那些从身边走过的人
一抬头，就能看见
我，如花似玉，气宇轩昂
怀着一副济世救困的眼神

我想念那些亲人

我在夜里重复着开窗的动作
是想让那些月光照进来
照上每一面雪白的墙壁
然后关上门,不让这群
远道而来的客人在这个冬天
又一次离开这所空房子

总是担心他们其中有人
要告辞,从不同的位置里
突然抽身,然后
大地就一片银白
窗口就一片漆黑
我的眼睛就会饱含热泪

喜欢这夜里开窗的刹那
灰尘们突然现身
我的那些亲人们一拥
而进,有的把门环弄响
有的在厨房里忙出忙进
有的把书本翻乱
有的敲着我的桌子,我的额头
像是一群快乐的年轻人

到医院的病房去

到一个医院的病房里去看一看
去看看白色的病床
水杯、毛巾和损坏的脸盆
看一看一个人停在石膏里的手
医生、护士们那些僵硬的脸
看看那些早已失修的钟
病床上,正在维修的老人
看看担架、血袋,吊瓶
在漏。看一看
栅栏、氧气,窗外的
小树,在剪。看看——
啊,再看看:伙房、水塔
楼房的后面,那排低矮的平房
人类的光线,在暗

为了接近一个秋天

我戴上灰色的帽子,面罩
把头发、眼睛和嘴唇
也都染上了灰色
我把自己打扮成了
一个沉默的妇人
像一块沉默的礁石
坐在岸边看着潮落
我还拒绝了春天
拒绝了绿草和花朵
不让夏天和北风靠近我
我把那些帐篷和房间的钥匙
小心地守护着
为了交给你,为了交给你我的一切
为了让你涂抹森林,涂抹原野
涂抹晚霞和山坡
我还留下了一瓶处女的鲜血

围墙

我要把世界上那些篱笆都抽开
栏杆都拔走
把那些围墙都拆掉

我要把那些拆下来的砖头拿去铺路
拔掉的栏杆拿去当柴劈
抽开的篱笆拿去当草席
我要让这个世界从此宽畅起来
春天再也没有什么可以阻拦

这样,我就可以在草坪上睡觉
在影子上跳舞
就可以在经过任何一道围墙时
不再踮起了脚尖去张望
在这个世界上
太阳想去哪儿就可以去哪儿
花朵想在哪儿开放
就可以在哪儿开放
我啊,如我爱你
想在什么时候抱你
就可以在什么时候
紧紧地抱住你不放

背对着火车行走的方向坐下来

我背对着火车行走的方向坐下来
感觉自己正从一些生活的场景里徐徐后退
后退着返回消失的时光
一点一点接近从前的春天
从前的房屋和车站
我喜欢这种倒退的感觉
像一部老电影的回放
一些重要的片段总是可以一遍遍重来
我就在这其中一再返回河流
一再返回青草、禾苗和田野
我喜欢把那枚后退键
掌握在自己的手里
这样一路倒退
一路倒退着从后来的结局
从你的身边离开
一直退回到遥远的那个清晨
母亲的柔软、温暖的子宫

在这个好的春天里

一些前所未有的好天气
来到了这个春天
风从林子里穿过去
发出好听的旋律
火车在山河上跑
祖国的田野长满了整齐的小麦

一些好消息提前来到
远方的客人正在走出站台
看海的老人看见了大海
想家的燕子飞回了旧都
那个肩披丝绸的女子
也终于找到幸福的小旅馆

这个春天真是个好春天
是个好得总是让人想起来要
干点什么的好春天
于是我坐在院子的藤椅上
看见了那些睡觉的太阳
看见了它们和我一样懒

我的双腿背叛了我

我不能从摔倒的地方
再爬起来了
是因为这一次我摔得很重
而且摔到了很脏的地方
那些苍蝇很快在我的伤口
和身体里产下了虫卵
我不能再爬起来了
还因为我的双腿
已经背叛了我
它们爱上了躺下来的生活
躺在地上不再行走懒惰的生活
趴在地上不再奔跑可耻的生活
它们！再也不愿像上面的双手和臂膀
像两个傻瓜那样！
划动着我沉重的躯体、糊涂的脑袋
失火的思想，奔走在泥泞的小路上

它们是早已商量好了要背叛我啊
它们是早已商量好了要让我
像一片枯叶、一粒发霉的种子那样
在路上，眼睁睁地看着我烂啊烂啊
眼睁睁地，烂成了一个废弃的蜂箱

我们寻找的东西

有的人找了一生
也没有找到那些东西
有的人找到了
又把它扔掉了
像扔一条旧抹布一样
从高楼的窗口里扔下去
落地时也砸不出任何的声响
落地时也听不出任何的声响

上帝让我找人

上帝让我找人
在这个春天
祂让我找一个穿布衣
背二胡，流浪的年轻人

上帝让我找到这个人
取回父亲临走时送给他的钥匙和奶嘴
在天亮以前，上帝说
他就是我唯一的亲人

我必须找着他
取回父亲给我捎来的小生活
一些尿布
一些生活用品
擦泪用的旧毛巾

上帝告诉我，要用祂的名义
要沿着空气里一些烟草的味道
二胡的旋律去找他
找他时，步履一定要轻，要轻

青春啊青春

就那样上山、下山,
就那样沿着流失的
时光。沿着时光的
顺序,去一个山坡
一个森林。去看一个
笑容可掬、冬天的
花园

长工

我要做一个人的长工
每天早上,唤他起床
拿来他的拖鞋、热水和毛巾
冲好牛奶,打开房门
替他刮掉胡子,递过
他的领带、西装
围巾、帽子和大衣

我要做一个人的长工
看好他的房门、他的花园
看好他栽在阳台上的那些花儿和草芥
我要跟一口铁锅、一副碗筷、一个茶杯一起
准备下他每天的饭菜和开水

我要铺好床单、棉被
擦净桌子、椅子和地板上的灰尘
整理书柜,倒掉那些污泥和垃圾
我要一辈子跟着他
跟着他哪儿也不去
哪儿也不去了,等着最后
一条上山的小路

那些蚂蚁为什么不飞起来

那些蚂蚁为什么不飞起来
不像我
也不像一只麻雀那样
去天空里觅食

那些蚂蚁为什么不飞起来
不像蝗虫,也不像一只蚂蚱那样
跳到庄稼和叶子上

为什么,它们
为什么不飞
不像蝴蝶一样
不像燕子一样
不像一支长箭、一艘飞船那样
突然从地面上飞起来呢

飞起来,它们就不用搬家了
也不用一辈子都在那些泥里土里爬了
就能像春风一样飞过花朵
像云朵一样住在天上了

逃犯

我想我应该是从牢房里来的吧
那个黑色牢房
一块黑布一个破旧的门洞里
我从那里逃了出来
我从一开始就是一个逃犯
所以我在白天睡觉
夜晚走路,去河边晾晒我的果实

我是从地狱里来的吧
那个火烧的宫殿
一片焦黑的遗址、废墟
我从那里逃了出来
像一个逃犯那样逃了出来
藏起从前的衣服、墨镜、名字
和性别,躲在幽深的山洞里

所以我喜欢黑色,喜欢夜晚
喜欢世界上一切没有亮光
没有声音的地方
所以我脱掉鞋子,掩埋灯盏
也从来不在高兴的时候尖叫

看见海的时候欢呼
在你离开的时候哭出声来

因为我知道从一开始我就是
一个要不断逃跑的囚犯

那些响声

我常常怀疑那些听到的响声
是种错觉,怀疑
自己的耳朵
总是把这些声音听成了
另外一种声音,所以
整个春天没有一个响声让我疼痛就结束了
整个春天我成了一个怀疑自己
怀疑别人、怀疑一切的人
我开始给自己制造响声
把房间、走廊、凳子、椅子
把碗筷、钢笔、报纸、床铺
弄出了一种巨大的响声
这样,我就感觉我还在活着
知道活在自己发出来的响声里
和那些听到的响声是多么地不一样

我不在

我不在的时候,你不要
带客人、医生和安眠药回来
别动我的台灯
闹钟、窗帘和储藏室的钥匙
你要记得,每天给我的房间
打扫卫生,清洗我的病号服
清理那些不断涌进来的灰尘、垃圾
和道听途说的消息

要记得给房间里生病的花草浇水
给鱼缸换上新鲜的饲料
把书房里的稿纸和书本,搬到太阳底下暴晒
每日一次
不要让蛀虫咬坏了书架,细菌和病毒
爬上了书签或扉页
书里相亲相爱的主人公,让他们
沿着既定的结局,一路走好

我不在的时候,房间的地板
你要每天擦洗,卧室的窗帘
每天拉开,让他们吸足氧气

床单保持纯洁的颜色
枕头摆在床头
拖鞋放在床尾
睡衣挂在衣架
照片挂在墙壁
就像我平时摆放它们一样
仔细、认真
一丝不苟,不得马虎

你要照顾好孩子和老人
不要让他们和我一样受潮
感冒、发烧、咳嗽
感染上流行病
要让他们心宽体胖
工作、学习
如果有人来找我,就说
我去了远方
在那些飞机、火车可以直达的城市
幸福,活着

黄昏以后,你要关闭房门
任谁敲打也不要拉开
我喝水的茶杯、吃饭的瓷碗
我坐过的凳子、椅子
用过的餐桌、厨房、药丸

镜子、发夹、水龙头
你也不要动
酒盅、筷子、纸巾、抽水马桶上的金属线
都不要拿去随便送人
有一天，我回来，我还要
再一次使用它们
就像我走的时候一样，大体布局
就好像我叙述的这样

一个人在路上走着

天慢慢冷了
慢慢黑了下来
风推着树叶们发黑的尸体
去旁边的墓地

一个人在路上走着
他的背影有些黯淡
破旧的毛衣
裹着破旧的身体

我在这时候跟上他
跟上他往前走
走过了小桥、桥下的流水
以及小巷铺着青石板的路

我没有让鞋跟发出响声
也没让他知道我走在他的身后
天完全黑下来的时候
路没有了,那个人也没了

后来，只有我还在走着
就这样不紧不慢地往前走
偶尔回过头来看一看身后
那些来历不明的风

我不能停下来了

我不能停下来了
并不是我愿意这样
是那些人、那些风
已经涌来
是他们挟裹着我，不停地
向前推进
就像一台开过春天的推土机
巨大的牙齿啃住了
破碎的大地
一直向夏天开去
如果我停下来
比如说像一棵简单的树
一样，停在了路边
那些人、那些车辆
推土机，就会从我的头顶
我的身体、我的房屋上
狠狠地碾过去
碾过去
而如果我不停下来
我也只能顺着这些人
这股风向
走下去，走下去
一直一直地走下去

某年某月某一天

现在是春天,你是我的
早上八九点钟的太阳也是我的
它们一起床,就照在我花格的木窗上
窗外那棵白杨,从一楼的空地长起来
长到五楼也是我的
树上飞来一只花喜鹊,有时候两只
它们叽叽喳喳地唱着歌
美妙的歌声也都是唱给我一个人听

现在是三月,你还是我的
你睡着,醒来,都属于我
那些随从的黑夜和早晨也是我的
早晨睁开眼,就看见松软的枕头
明媚的天气和床单
房间里的光线也朦胧得恰到好处
那台每天都会准时响起的闹钟
一部铃声尖细的电话
也是我的,它们将在这个春天里的每一个时辰
目睹爱情的娇妍和慵懒

现在是春天,你是我的
你的快乐和忧伤都还跟我有关
因为爱你,我看见三月
还发现这个春天一个巨大的秘密
那些走在路上的人
和正在恋爱的花草、树木一样
都是幸福科乔木
一年四季,满面红光,精力旺盛,欣欣向荣
花园里那些洁白的玉兰、金黄的迎春
高的芭蕉、矮的紫苏
也春意盎然、蓬勃向上,和我一样
有着一双含笑的眼睛

现在是春天,现在还是三月
花朵和青草,均以春天的名义
向人世传送芳菲
天空和大地,也向人类暗示非凡
你的眼睛,半睁半闭,躲在
一排睫毛的浓阴下,看
发生在这个春天里一些离奇、荒诞
而又必然发生的事
那时候,我们正年轻
你也还是我一个人的

青草翻来翻去

在这个世界上,我就像一个包裹
一副行李
被人背着
被填在一张淡蓝的包裹单上
可当初寄存包裹的人
却没有写明我要到达的地方
没有写上:上帝亲启
我就这样被退了回来
被世界退了回来
不能跟我爱的人在一起
不能活在春天里
和那些蜜蜂们住在一起
那个当初寄包裹的人
也没有留下他的地址
所以我也无法循着原路返回
超出了保质期以后
就和一卷废纸、一本旧书一起
被抛到野外,抛进了坟场
那些风们翻来翻去
青草翻来翻去
最后,一场大雨袭来
洗掉我身上所有的字迹
成为一块无字的墓碑

整个世界住在我的泪水里

我知道有人在远方哭我
有人在天上笑我
有人保留着一幅冬天的肖像
就像关闭一个夏天的洪水

我知道有人在背回一个口袋
我知道那个口袋里装满了
粮食和我
我住在粮食里
就像大地住在水里

就像我也哭了
哭着你的肋骨,哭着你的经书
整个世界就这样住在了我的泪水里

冬至过后

我老了
双手再也够不着嫩绿的树叶
就像一根伸进春天
却发不出新芽的老枝条
那些乌鸦们也从旁边绕过去了
我伸出它
碰了碰你的眼睛
你挂在墙上的倒影
你躲开了
我伸出它
又摸了摸你的头发
你抱在胸前的手臂
你往后退去了
我不停地伸出它
去碰碰你的耳朵
你的衣襟
你裸露在空气里的体温
这些也躲开了
我就像一袋垃圾
一层灰尘那样，坐在路边
等着那辆清洁车从远方开来

等着一群麻雀
抬着我从山岗上经过
等有人把我用过的油灯
留下来
把碗里的半碗清水
留下来
把它们交给那个前来找我的人
告诉他我再也不会回来了
一阵风吹过
剩下的三盏灯也熄灭了
这个世界终于一片漆黑

我并不是一个贪婪的人

我并不是一个贪婪的人
可是这些绿草、这些花朵，我都要
既然它们是为春天预备的
也就是为我准备的

我并不是一个贪婪的人
可是这些玻璃、这些镜子，我都要
我要照一照自己
照一照那些走在前面和身后的人

我要一身漂亮，一路通畅
走到你的面前，走到上帝的门前

所以，这些裙子、香水
这些口红、轿车
这些珠宝和钻石
我也都要了
我要把它们分给那些穷人和富人
那些仇人和亲人

我要让他们和我一样
对这个世界充满爱和欲望
和我一样，做一只并不贪婪
却要终生吃草的羊

在晚上外出的原因

我出去,不是约会,而是散步
是趁着天黑,走一条
与生活相反的路
但我不会夜不归宿
不会从叶到根,恨上回家
我一个人出去,在外面
只是在一个城市、一座高楼的
阴影里待一会儿,在一个不愿让人看见的
墙角站一会儿。看那些
幸福的人,走来走去
然后,我会像一口汽车的尾气
跟上他们
也学着他们的样子,走上一阵子

要原谅

有一天,你要原谅
中途离开、变卦说谎的人
原谅他们越来越少的出场
原谅他们所剩不多的虚荣和时间

原谅爱、纪律和荣誉
不确定的开始,确定的结局
原谅漂浮的命运,衰竭的神经
黄连和苦瓜,都要原谅

原谅我现在,还不能大声说话
这世间还有一些漫长的阴天和雨天
头上的神明,他们有时候一言不发
你也要原谅他们

原谅他们活着,或死去
原谅来得及,也原谅来不及
原谅燕子低飞,蝴蝶迁徙
池塘的水,就要干了
天空出现火烧的蘑菇
蚂蚁搬家,大雨将至

我们每个人，手里都有一条蛇、一匹马
一寸黄金、一寸好光阴
原谅大家都有一本书
植物学、动物学
一头皮毛光滑、眉骨高挑的小兽
原谅我的骨管里刮着听不见的肃杀之秋

我没有

我没有国王
国王去了你那里
没有油菜地
春天已经过去多时
没有邮局
信件在路上
泥牛入海,下落不明
没有宫殿
宫殿在别处
没有蓝天
白云为他人做了嫁衣
没有乡村、河流
尘土、沙子们都加入了游行的队伍
没有人和我商榷植物,商榷秋天
在饭店、药铺、红色的药酒中
春天过后,没有了父亲
父亲去了外地
被暮年石头押去了坟场
在那里拐着弯遥望故乡
没有帐篷、奶酪、长辫子的小女
没有四月、啼哭、婴儿降生

我在深夜里唱歌

没有歌声

我在纸上画画

没有蓝图

没有你

我跟随汽车，它的尾气

在高速公路上

加速奔跑，靠右行驶

跟随飞机

在跑道上滑翔，起飞

跟随火车去更伟大的城市

我没有雄鹰、虎豹嗓声的地方

没有一望无际的平原和土地

让我来安排这个世界

南瓜的身边有杂草
西瓜的空隙可以种芝麻
高高的悬崖上
盛开着玫瑰
月季花生长在罂粟和葛麻中间
水稻的耳旁有秕子
堰塘下生长浮萍
也可以和大象是一家
年龄不是问题
种族也不是障碍
苜蓿的家中有松柏
苍术的腿上可以种甘草
也可以种上大麻
石头长在平原、丘陵
在围墙上闪光
棉花跟着亚麻
花生跟着向日葵、油菜
芦苇的背上有高粱
后面种上千斤矮
青蛙产下恐龙、鹌鹑
凤凰养育着孔雀和乌鸦

一切动植物都是来去自由
任何一个地区和国家
都不需要护照、身份证、绿卡

大家心平气和
看报纸，读新闻
吃晚餐和早茶

一个怕冷的人

一个怕冷的人
要安排好生活交给他的每一天的善事
要和一群少女、一个婴孩、一只蝴蝶
一对唱诗班的小天使
一起分食秋天的果实
要从遥远的地方
走到母亲的跟前
开始流泪。但不后悔
要举着火把
和那些去远方的人,从天亮
走到天黑
要像一棵铁树那样
遇见更多的人
一些伟大的人
让人敬畏或高尚的人
尴尬的人,有时也是欠债不还的人
不看天色
住在天堂的门口,自己身边的人

秋天以后

有人提着马灯来到了地边
想询问种苎麻的人
要如何攫取那些长势优良的种子
又怎样在雨后开始秋天的播种

我告诉她
其实我也不知道

其实我也无法准确地说出一种具体的种植
这个世界上一切的爱所要经过的途径和程序
蚯蚓在泥土里饮水
而我,寻找这个世界
是沿着一条时光行走的痕迹

那些石头

低矮的山梁上，那些赭褐色的石头
它们躺在山坡上
它们没有屋子
也没有伴侣

暑气上升
周围的庄稼和树木
都在田野上

河流在流淌
燕子在飞
翅膀
大于身体的理想

那些石头，它们
只能和身边的
杂草、灌木
住在一起
像是宿命的茧子
也像是孤独的回忆

这个冬天

我一个人在岭南
享用一条江水
沐浴一个国家的阳光
不下结论,不发表言说
不盼望浪子回头
也不产生偶像和幻觉
走老路,不做美梦
不打喷嚏、咳嗽
也不去吃中草药
一觉醒来,天就亮了
一转身,什么都不再记得
不翻旧账,也不启用新的记事本
日历、电话、引擎
想喝酒,就去喝,想唱歌,就去唱
没有随从、奴仆
没有奴隶主、殖民地
女神、天使,爱上别人的人
让他们远走高飞
我爱过的人,去了别处
以上帝的名义
过起隐者的生活,我闭口不谈

这个冬天,我头顶蓝天
众神,使我平静
我的幸福,我闭口不谈

更加安宁的一天

将会有更加安宁的一天
我们不需要暂时离开
我们出世、饮酒、夸下海口
脱掉黑色的外套
一如既往的少年
等在池边

轻狂和月夜,是过错和让步
那水里的花
尘世间巨大的悬浮之花
强壮而盛大

五月,是购买黄金的好时机
月圆,或仙女下凡之前
我们要从另外一个角度
进入今天的内容和主题
植物们比往月,比我们的想象
成长得更快一些

回忆、蛋糕和公园
窃窃私语、不追究真相的人

都是好样的
旅途中,不拒绝
盐和胡椒粉

月光走向未来
是我们年轻时的父亲
帮我们决定一生中最重要的事
初一到十五,布满了好天气
紫绛草丛生
遍地都是好消息

幸福村

我去的时候,玉兰已经凋零
树下,一层白色的浪花
似曾相识。疼痛和心伤
不是在今夜,就一定发生在
前夜那场风里

幸福梅林里的梅花也开始走下坡路
油菜花改嫁他人
小麦和豌豆未婚先孕
水塘边,只有路标上的幸福二字

只有风在吹
对着尚存幻想的人
只有太阳的光芒照耀在别处
风顺着风的去向

我们交换雨伞

我们交换雨伞
一场即将停止的雨。交换
脚上的冰鞋。鞋子飞行
一块渐渐消失的冰
交换彼此的名声
在夏天的傍晚
彼此在身后度过的冬天
彼此的悬崖
悬崖上垂下的绳梯
交换身体时,留下胆囊中颓废的忧郁
交换药品,留住尚未散去的药力
交换爱,留下爱上别人的余地
交换马匹
一条离开故乡的路
交换云朵,抓住一顶被风吹起的帽子
交换彼此的生活,一个人走进迷人的会议
另一个人,离开话筒的余息

父亲的魔术

他喜欢变魔术。假装
耳聋,听不见喊叫
他假装自己有一双魔术师的手,能
把自己变进一只小小的口袋
然后,一只手握着烟斗
一只手捏着袋口
提着自己,往外走
假装成上帝。自己睡了
样子像一只懒猴
差一点,他就能
在口袋里为医生和
急救车开门
但他让公路开始弯曲
汽车开始颠簸。假装
看不见我
让毛巾、脸盆
从身上
跳了出来
假装自己可以
贴在墙上,在一块
有黑框的玻璃里呼吸。和平时一样

然后，假装泪流成河
在院子里打转，让队伍
在黎明出发。山坡上
开满白色的桐花。山顶
垂下
白色的苎麻
在魔术的结尾处
他竟然又
突发奇想，让我们看看
他是怎么
大变活人，假装一个人
回到了房间里
然后消失在魔术里

好久没有哭过了

好久都没有哭过了
就像这个世界上的泉水
已经不多了
好久都没有哭出过眼泪了

瞳孔里的小树
叶子已经枯黄了
睫毛就像荒草一样站立在两旁
那个在春天浇水的人已经开走了

就像一列火车开了过来
在站台上放下了一些邮件
然后又轰隆轰隆地往前开走了
轰隆轰隆地往北方开走了

乞求

我乞求你给我一个暖瓶
用来装下我的泪水
我乞求你给我一个冰箱
用来盛走我的骨灰

我乞求你有一天能来到这儿
领回这一冷一热的亲姐妹
暖瓶你打开来饮水
回家的小路撒遍我的骨灰

当春天到了陕南

我要把脚上正在穿着的这双鞋子
脱下来,放在河边上
让你知道,我死了
让所有的人知道
我已不在这个人世

我要把脚上正在穿着的这双鞋子
脱下来,放在河岸上
让你的亲人知道,我已经死了
我死的时候
北方的气候还很寒冷
河面上正结着命运的薄冰
那些倒退着离开的北风
那些奔跑着前进的南风
还吹着堤坝和柳树
大河的南岸和北岸

我的母亲哭了,另有几个人也哭了
爱情像雷声,像闪电
像一列运送春天的火车开来了
却在一片感情的废墟里
敲响了亡灵的丧钟

在这个秋天,一头熊失踪了

南方和北方都没了它的踪影
这个秋天,它失踪了
有人说,它住进一个岩洞
浑浊的瞳孔、衰老的胡须
越来越笨的爪子都藏了起来
耳朵、咽喉,生满疮疖
只有双手还在动着
抓地上的泥巴
堵世界的嘴

它说,它就要死了
十天以后
二十天以后
如果一盏灯,突然熄灭
那就是它
但临死之前
它要说一句话
它想告诉秋天
说它爱她
可是它就要死了
最后的疼痛已在秋风中来临
它举起爪子
已活不过这个巨大的秋日

再一次经过加油站

那个下午我再一次经过
加油站的周围开满了灰色的花
那是生锈的工业之花
弥漫着汽油的芳香
我再一次经过
去加油站背后的那条小路
到达和你一起住过的深夜的旅馆
国槐树和白杨树摇晃着那时的枝叶
我翻卷衣袖,为你
递过一支下午的香烟
隔着窗子看你,低矮的玻璃
烟气随着芳香一起升起
我们沿着小路走向河堤
我又一次走近河水流经的低地
加油站在身后开着灰暗的黄昏之花
模糊的沸腾之花……

一只暖水瓶爆炸了

去看你的时候
我的春天已接近了尾声
只有涣散的柳絮
还在空中舞动

中午的时候你带我去了城西
一家不大不小的餐厅
菜还没上齐的时候
一只暖水瓶突然爆炸了

在距我们两米的地方
它发出一声巨大的响声
这让事先毫无准备的我
从椅子上弹了起来

这时你忽然笑了
看着地上的碎片说
这好像不是一个偶然的事件
那只暖水瓶等了许多年
今天它终于把自己炸掉了

暗示

天亮以前

时间暗示了黑夜

黑夜又暗示了灯盏

于是有一些角落被照耀

有一些被遗忘

世界就在不同的方向光明

或者黑暗着

而天亮以前,阴雨还暗示了大地

暗示了丛林

丛林里

那些发霉的蘑菇

墙壁、坝堤,陡立

窗户、房门,紧闭。还有

干枯的水井

焦萎的禾苗

堵塞的道路

这些又是谁暗示的?

又是谁暗示了那些

频繁的荒草和石头?

我看着一条鱼

我看着一条鱼
一条躺在淤泥里喘气的鱼
水草从它的身边上升
和那些水泡们一起上升

我看着一条鱼
去水面崭露头角
就像我小时候
总喜欢打掉夜里的棉被
把头伸进漆黑的空气里
使劲地呼吸

可那条鱼现在却在淤泥里躺了下来
不再游动
也不去更远的地方
那些漂亮的红裙子从它身边游过
漂亮的长睫毛也游了过去
它只是那样安静地躺着
躺着看着它们
看着我淡淡的如此盯着世界的眼神

从你那里过来的这些雨

昨天晚上还下在你那里的这些雨
今天就来到了这个城市
像是紧走慢走赶了一夜
一大早就敲开了我的房门
在看见它们的那一瞬
我有些吃惊
提速以后的火车也没有这么快啊
两个翅膀的飞机也没有这么快啊
它们是坐着什么来的呢
它们一下子,就从高山、河流
几千里之外的地方跨了过来
一下子就来到了我的眼前
它们过来,摸摸我的脸、我的耳朵
我的裙子、我裸露在空气里凉凉的
小腿和手臂
它们说着它们的情话
不停地告诉我,它们
都是一路从你那里下过来的

像一株蓖麻那样漫不经心

也许,还有另外一些
打马扬鞭的信使在路上
穿着厚厚的衣服,戴着厚厚的棉手套

也许,还有另外一些
打马扬鞭的信使,还在途中
炉子上舔着蓝色的火苗,煮着一场提早到来的雪
有人在大雪纷飞的门口,松树的后面
不怕冷的少年、杨树、香樟
正在恋爱的他们
在严冬中亲吻、拥抱、取暖
像一株蓖麻那样漫不经心
像一枚失效的指南针那样,不把你南方的邮编、地址
行踪和消息随便告诉别人

你走的时候

这个秋天有很多事情
都出乎意料,超出了
以前的想象
比如天气
比如太阳
比如你让我看见
挂在邻家阳台上的毛衣
温柔向下的水滴
另有一群月光溜进了厨房
在那里打闹、唱歌
把剩下的啤酒喝光
在影子上跳着苍茫的舞
踩着一些凌乱的碎步

比如清晨说来就来了
和有些人有些事情一样
不打招呼,也不提前敲门
太阳跟在它的身后
跑进田野里去征收租金
征收一个正在地里拔草的男人
苍老的岁月和不幸的命运

比如你走的时候
陵园西路的树叶
还是绿的
街上的女孩子们还穿着漂亮的吊带裙
散发着春天和爱情的传单
可你走以后
傍晚就成了疾病
成了把我囚禁在荒凉和病床中的
借口
台灯坏了
床铺上长出了巨大的蘑菇云
只有房东大声地笑着
大声地说话
秋天的玻璃窗
突然间摇出了镜子破碎的声音

我要指给你看

我要指给你那些坐在高处
斜着眼睛看下来的人
指给你他们的冷漠
掠夺春天的双手

我要指给你
我的幸福、痛苦
我在黑夜
紧紧抱着怀里的膝盖、裙子
和一本总也背诵不完的书

指给你
那个一直躲着面孔的上帝

我曾是那么那么地爱祂
祂却从来不肯在我疼痛的时候现身

在这个迷人的秋天里
因为爱和委屈,我终于决定了一件事
我决定,向你指出
上帝其实是一个愚蠢的人
上帝其实还是一个懒惰的人

我看到

我看到医院,看到医院里
那些医生们在忙着
忙着把一团哭声包来包去
看到早晨、太阳,窗格上
母亲的脸,也在忙着
忙着来临,照耀,或者流泪

我看到春天,春天里
世界和世界上那些在秋天奔跑的人
忙着拔草、收割,活着或者死去
像一条街道,一片房屋,一家店铺
一个忙着缝制寿衣的老裁缝

我看到乌鸦在天上飞
火葬场忙着冒出白烟
我自己也在忙着,忙着说话、睡觉、喝水
忙着爱,想念或者怨恨
忙着从这个世界,这些白天、黑夜
从他们当中,大步地跨过去

我这样形容坐在一列火车上的我自己

一列火车带着我
就像血液带着栓子
在谁的身体里走
我知道那些栓子
会越来越大,越来越大
像滚动的雪球
堵塞大脑、心脏
让身体瘫痪,生命塌陷
所以我想告诉你
在那些栓子还没集聚以前
先去掉杂质
在我还没有买来车票
走进车厢以前
把火车开走
在铁路还没修好之前
把那些枕木、钢轨都偷走
这样,就不必担心
即将要到来的一天
即将要到来的灾难

雨是从哪儿下起来的

雨原来是下在村里的
是下在草叶、树枝和房顶上的
是从田野、庄稼和墓碑那儿
先下起来的

所以,从前的雨声是由远而近的
是从野外传来的
是砸在我们心上的

哪儿像现在,我们住在这儿
我们睡在这儿
雨都在楼顶上下了一整夜了
我们却不知道它是从哪儿下起来的

到那些可以去的地方晒晒太阳

到那些可以去的地方晒晒太阳
让那些太阳晒晒我的身体
心脏和粗布

到那些可以去的地方
去取出冬天的酒瓶、帽子、胃
床单铺在田野上

让那些麦苗、花朵、谷秧
也和我一起晒晒这些春天的太阳
一个老人坐在轮椅上
让他像父亲一样

让我闭上眼睛,摊开臂膀
寄生在身上的羽毛
也和我一起,晒晒这春天的太阳

晒晒这可以让人松让人软
让人飞翔让人死的太阳!

到了秋天

到了秋天
风就会越来越冷
越来越冷的风从田野上经过
就会像一把镰刀那样
割掉那些长在田埂上的白茅草

到了秋天
水就会越来越低
越来越像一个哑巴一样的台灯
照不着我的眼睛
和每天夜里炸开的那些河堤

那些在夜里前来啃我的羊
就会把我啃得越来越矮
越来越矮
啊越来越低

我的故乡

一直以为我的故乡在远方
在那些大河的尽头
在关外
在陌生人的身旁

一直以为我的故乡在远方
在那桃花溪畔
在草原雪域,在北国
梦里还没去过的地方

可是,当火车开启
我看见妈妈站在铁轨旁
风把她的白发掀起
风把她刚刚放下去的手势
又掀了起来

我才知道,我的故乡
她从来就没去过远方

我最爱的人

从你的眼神里
我知道,有一句话你很想知道
那句话其实我也知道
却不能说出来

不能让你也知道
我最爱的人不是你
也不是在春天里漫步的那些人

我不能告诉你这些
是因为我还在活着
因为你还在我的身边
就是有一天
我要死了,临死前
我也不能说

我也一定要紧闭着眼睛和嘴唇
不让这句话一不留神说了出来

不让你知道,在这个世界上
我最爱的人只有我自己
从来不会是你,也从来不是世界上
任何一个其他的人

遇见你之前

遇见你之前,我
绕开所有的路口行走
黄昏。一个人
在城墙外的公园里走
遇见你之前,我藏在暗房里
修补一张照片
准备着一桶泉水
躺在上帝的手掌上
不知道这一生
会看上谁,消灭谁
瓦解谁

你不在的一天里

你不在,房间显得
有一些宽大
坦白,浓缩在床边的我
也显得不够精致

你不在的一天里
有很多新的事情要做
许多认识和不认识的人
都要重新相遇

要趁着暮色
以黑夜的名义,去疏远
趁着酒力,以亲人的名义
去回忆

我像一丛披头散发的芦蒿
潦草地涂在床单上

趁着梦还未醒,亲爱的
我只能以爱人的名义
——田野里到处都是油菜花
我只能隔着一座孤傲的荒岛
去吻你

一个有缺点的人

一个有缺点的人
不适合在白天上街
白天会看见那些刺眼的路标
路标向左,他就要向左
路标向右,他就要向右

一个有缺点的人
遇到岗亭、警笛、红灯
就会停下来
在熙熙攘攘的大街上
不敢横穿马路
不敢贸然行走

他的缺点
就会停在路口
让行人、车辆
绕道而行
他的缺点
就会变大,再变大
慢慢影响到那些没有缺点的人

像一条蛀虫那样

我要像一条蛀虫住在苹果里那样
住进一个城市
我要先从地下挖开通道
一条四通八达的路

通往银行
通往饭店
通往码头和机场

我要从钞票开始,蛀
从晚餐开始,蛀
从车站、码头和机场开始,蛀
从树叶和花瓣开始
蛀空春天
从欧洲和美国开始
蛀空这个地球
我要住进你的身体
把你的身体和心也一起蛀空

一切都按原来的模样

黎明的草原,那么地快活
向上生长的青草
散落的马匹,密封瓶里的蜜糖
银质的器皿中央
闪着青铜的光
餐桌上,蔬菜和稻米
摆放整齐,一切都按
原来的模样
大寒、小雪,还在路上
只有我老了

十月以后

十月以后,我要生下一个小王子
一枚毛茸茸的无花果
一只蝴蝶,或者小蜜蜂
我要让他叫我年轻时
曾经叫过的乳名
天黑时,我站在
高高的窗口里喊他
宝贝,宝贝
他就跑过来
风一样自由、骄傲
吻我的鼻尖、额头、眉毛和耳垂

秋天刚刚来临

秋天刚刚来临
凉爽的天气里
一个自由出入大门的人
草地上羊五只,或者六只
眼神温柔
举止得体
一点也不像矫捷的兔子和猎豹

我们放马、写信

秋天还没有完全到来
那些菊花,也还没有完全盛开
心情郁闷的早晨
我们放马、写信、饮水
中秋节后的第二夜
栀子花开
如果我睡了
请别把我叫醒
下一个月,失踪的队伍
将从南海返回

我叫它们什么

白露过后
在这片空地上
那些植物
矮的叫葡萄
高的叫白杨
胖的,叫菖蒲
瘦的,叫兰香
茂密的我叫它水盆草
稀疏,叫紫苏
缠绵,叫菟丝、山药
冷淡的我叫它们什么
那么我叫
铁梅、商陆和芨芨草

神啊

我在你们到来的夜里写诗
汗水,一层高过一层

拒绝之词

我拒绝春天
拒绝燕子
拒绝开花,拒绝结果
拒绝消瘦的花朵
开在自己的国家
拒绝潮水、火焰
拒绝蒙面的城堡
一条长满荆棘的小路

拒绝把解放的日子选在白天
把照片送进档案馆
拒绝还没用完的稿纸、钢笔
和一个坐着火车前来赎我的人

拒绝你们说,那棵向日葵
站在向阳的山坡上
它头顶金色太阳,盛开金色的花朵
拒绝你们说
那就是我,不是一片幸福的海洋,而是我!

在路上

牙齿死在口腔
舌头死在舌根
鼻子死在眼皮子底下
嘴巴死了就紧紧地闭上
脚趾死了,脚气、鸡眼
人世间一切无谓的行走
也跟着去死了
手指死了,不再去敲打
眉毛、胡子死后
接着是散乱的头发
大脑一死
思维停止活动
心脏一死
亲人哭泣
乌鸦、麻雀、鬼魂不死
我和它们,还在路上
先去参加别人的葬礼

异样的夏天

风被禁止。房间里
实在待不下去的时候
我就去江边。码头
在发放风油精、菊花茶、藿香正气水
道路寻找清凉的出口
和陌生人坐在一起
我成了一个空想家
去尝试一种新的活法
通常把帽子、假发、吊带裙
和幻觉放在一起
偷偷地解开上帝的纽扣、国家的衬衣
学一学树叶和茅草
学一学波浪和女人的样子
摇摆、起舞
没有风,也是这样
摇摆、起舞

钉子不死

路灯红了
城市开始翻供
对白天我们看见的景物
拒不承认

地下管道里
一群灰色的老鼠
钻出来
它们，跳啊
跳

交通堵塞
疾病排着队伍
从脑子里的一条大街上
走过

在某一个黑暗的
角落
钉子，不死
不在未亡人的身边
也不在死者复活的一刻

天黑以前

天黑以前
在斑驳的
林荫道上
灯光向左
鬼魂向右
一些爱情
是另外一些
一些时间
是没有归宿的石头

完美的囚徒

我承认,我自愿来此
并跟随众神的脚步
模仿、顺从
恰好地融入他们
融入花园,五月这薄凉的夜色
香气、翡翠,一汪静止
泛蓝的湖水

这里,除了身体之外
我没有别的家
而现在,前世、故地在哪里
不去想。也不看
因为我知道
即使去,也认不出所有的真相
有时候,接受一个错误的世界
错误的人,远比寻找答案更为简单

不能说所有听到看到的
都是幻象,真正的爱和自由
也从来没有出现过
如此完美的花园,每一道矮墙

石头，都堆砌得恰到好处
当夜风吹向花园的尽头
没完没了的小路上
天使，魔鬼。神明放置在
各个路口的统领
早已准备好巧妙的骗局
前来安抚、导引我
上帝祂仍然牢牢掌管着一切
包括那封来自未来的邮件和密信

有一条绳子不可摆脱
总是走上死胡同
只有在睡眠以后
才会没有丝毫的察觉
相信自己就是一株最完美的植物
没有任何的机会再来一次
而说出真相，又将会被否认、驱赶
经历前所未有的黑暗

我承认我自愿来此
并终其一生
承认我和其他人一样，充满好奇
深爱着这世上诱惑人心的一切
并，追逐其中
一座完美的花园

完美的监狱
身为囚徒,你
绝不会发现自己身在其中

但是,该告别了

该告别了
我们在路边停下
相互再看看
像从两个方向吹来的风,偶遇街头
点头、挥手、致意
然后各奔东西

或许,还应该再说点什么
或许,还要再叮嘱表示点什么
这时候,或许我们还要
想起一首别离的诗
"劝君更进一杯酒"
或许有信随后寄出
小狼毫,云母笺
信封淡蓝
内容不限,字数不限
开头问好,见字如面

但是该告别了
酒过三巡,菜过五味
雨也停了下来

该告别了
你把外套脱下来,放在椅背上
郁金香开始在空调的扇叶上
盛开。门外,行人,路灯,树影
该告一段落
白杨树,叶子闪烁其词
举棋不定的雨滴和雨伞
时间,地点,情节,人物
戏剧永远都在排练

该告别了
有个主语过去没讲
现在也不讲了
有个宾语过去没说
现在也不说了
身体上有着相同胎记的人
身体上有着相同胎记的蜂鸟
身体上有着相同胎记的乌鸦
注定要在孤独中生
在孤独中死

此刻,我有瞬间的恍惚、发愣
看灯,看人,看着离别的窗外
想起生命,光阴,未来
听见你们谈起友谊

谈起远方的大海
想起那些比我们更加孤独的人
秋天,大地。水塘,芦苇
我,隐隐约约的爱

洪水过后

洪水过后,有人在沙滩上
捡拾瓦砾和酒瓶
有人守着退去的江水
清理道路上的泥泞、碎玻璃

果园里悬挂着夏日仅存的硕果
那在大雨中及时赶到,并
送来雨伞、食物和清水的人
我们曾彼此疏离

现在,洪水退去
我们珍爱过的一切
都失去了。包括
你曾去过的江边,第二十四步台阶
偌大的一座城,现在
只剩下了绵绵不断的七月
绵绵不断的江水和黑夜

生命中那些轻易消亡和隐去的
他们将永远地消亡和隐去
洪水过后,我们失去和得到的
只有我们自己知道,只是
我们却什么也不说

寻人启事

不要向山下扔石头
也许有一天
那找我的人前来
还会沿着这条路
重走一遍
他一路在悬崖边
张贴着寻人启事
寻找我在这个世上
遗落的诗稿和经卷

有时候,我听见那
喊我回来的声音
叫停喧嚣,叫停风雨
有时候,上山的路途
你和行人的心一样
充满未知的忧愁和恐惧
必须紧紧抓住一种向上的力量

那么近。那么远
有时候我们就隔着一层纱
一栋楼,一条过道

几棵稀疏的植物
有时候,墙是铜的、铁的
上帝用祂的竿和杖指引我们
可上帝也有规定的旨意和时间

不写诗,在夜晚
你只是独自枯坐
你用手指
在桌面上写:
爱是永活的

而我,多么想告诉你
并没有什么可以永活
太白山顶
也其实没有盛开的雪莲

你来找我
美而危险

故乡道中

富有经验的白云
不一定知道此时此刻我该往何处去
湖面上没有一丝风,山林中也没有
过往的飞蛾虫豸
未发出任何一丝声音
我去找他,是在找一个深深的死亡
一个峡谷,现在我允许他离我更近
来和我同饮

我们

我们的身体将不值一提
烦恼也不值一提
惊蛰过后
桐花从高处落下
面朝北方的人,窗户很高
我们用手指,敲打他的玻璃

一切,即将隐去
一切,都将远离
只有你不会——
你是最后的信函,那些晚年到来的消息

我会在春天结束的时候
告诉别人,是什么
让我们心心相印,是什么
让你翻山越岭
小寒、大寒,五月和谷雨

那一切在夜半开来
又开走的火车
我们曾深深地热爱,并原谅

现在,我要把我的想念告诉你
告诉那位在灯下打扫铅字的老人

我们依然还在:远久时代里的油灯
纸张、格言和真理

沉默者

一

并不是每个人都能保守秘密
并不是每朵花都能在春天接近完美
你不能从我这里得到任何馈赠
客人或幕宾,都不能

现在,每天我都要抽时间
去那些空了的房子里看看
但已决定不再开口讲话
简单的招呼、问答,也不会有了
我要让这一切成为习惯

如果不需任何努力就可以变回一株菠菜
如果可以选择两种方式的生活
我就选离你最近的一种
停下来,不再生长
一直沉默,一直病着

二

其实已经没有什么秘密
天空早已将一切看穿

洪水在七月总是比人更高一筹

我在洪水中潜伏下来
在每一个可能的时刻
夜里也不浮出水面
梦中的一些奇遇，梦中
渴望得到你的胭脂和菩萨
其实是为了来生相见时
能有一个醒目的印记

风也早已失去了力和速度
还有什么可以炫耀
从孤岛返回，那是一次难忘的旅行
没有摄像师、灯光、舞台
没有变魔术的人
我再也回不去了，再也不能回去

最后的审判到来之前，活着或死去
我都将保持沉默
一旦开口，就什么也没有了

三

上帝，祂永不会
向我们讲述祂所知晓的事物
祂总是答非所问

回避我在信中提到的问题

祂的屋子宽大而阔绰
访客和内容每一天都是新的
祂总是很忙，总在敷衍
留下的联络方式也有假

我们住在祂简单的城堡里
用着疲惫的躯壳和身体
在彷徨的路上，偏右或偏左
总是轻信，易碎

上帝永不会把祂看到的结局
戏法和套路，告诉我们
也从不会梦见，暗示我们一些什么
菩提树长在大路的哪一边

祂总是笔锋一转
岔开话题，不写出任何有效的答案
祂拄着两根拐杖
却不知道我们在哭什么，笑什么
正在说着什么

祂也永不移动祂的大海
拔出祂的木钉，折断祂的绳子

祂永远不在我们安静的祈祷里
带着祂的岛屿，祂的火

在黑夜中坐着
祂永不后悔，祂也永无过错

四

也许这还不是时候
也许应该像往常一样
走在队伍的最后面
把看到的和想到的，都沉默于心

有一天，总会有一个目击证人
说出现在这一切
说出你汤勺上的苦
说出壁橱里藏匿的毒品和烟瘾

会有一个唱着哀歌和歌谣的人
来旋转时间的分针和秒针

会有人给你真相
说出潜伏在镜子背后的那双手
说出你要寻找的三支箭
爱、火药和指南针

低语者

一
到底怎么了
为什么连我自己也不知晓
大雨一直下
你最关心的
新一轮台风,就要登陆

服了镇静剂、安眠药
还是失眠
那即将到来的洪水
新的洪水,真的就要来了吗
左眼不停地跳
右眼还有一些隐私,不可言说

没有人比我更迷惑
也许,还需要一间教室
引我走出这迷途
潮水在漫延
看不到庄稼、庭院
我也看不到你的树木
你园子里的瓜果

二
至高无上的神也无法说服我
没有人能比台风说出更多

有一所教堂,离你很近
你在一片大海上住着
有时候我会把路上见到的陌生人记下来
说给你听,有时候
连我自己也不知道
谁在那里漂着

没有一丝风吹过什么
也许,并不需要有一丝风
来打破什么
有一副枷锁,我仍然愿意
随身背着
走到哪儿,就带到哪儿

有一些事物,蛊惑了我
但是,我推开窗
转身,我就将房门紧闭
虽然,并没有人要从这儿
抢走什么
并没有人,抢走什么

三

椅子上坐过死神
床单上布满蚊子的遗迹
满屋子里都是

现在，我必须逃出去
逃出这间屋子
不得到，也要紧紧抓住你
寸步不离
哪怕谎言、魔法
我也会紧紧跟着
这是我唯一的出路
我知道别的，都救不了我

虽然他们也为此
创造了各种各样的方法
但这是一个深渊
一个巨大的漩涡

现在，我必须逃出这间屋子
逃到外面去

四

还不明白吗
你是唯一的一个

和我谈论风车和草地的人
你是第一个将大海的
资讯带给我的人

还不明白吗
你是唯一一个看上去
不够完美的人
却酷似着一个人
虽然现在我还说不清
那个人是谁
我只是对此
充满了疑问
对一个旧的世界
产生了新的疑问

你不明白
你难道还不明白吗

五
我们选择一种乐器
洞箫、扬琴、黑管
或短笛
我们去雪山、草原、湖边吧
我们进入世界的更南端
进入那些雨林和湿地

不要告诉更多人
那些植物
发芽的时候,枝条移向哪里
成熟的时候,什么回到泥土
而遗忘和背离都是暂时的

每一天,我们都在离散
重聚
而每一次生死
都是新的
每一次
落日都会送来迷人的甜香

六

准备好了吗
你是不是已经准备好了
秋天之前
我赤手空拳
徒劳无益
也没有凉爽的空气

停电了,你睡了
还是没睡
睡之前,读一段《圣经》
还是写一篇日记

拜植物为师
在白云的故里
造访稻子和稻田
我真的不知道
秋天之前
我还该做些什么

七

不知不觉,过去这么久
不知不觉,天亮了
公路上有那么多的事
发生

医院走廊的灯,彻夜不熄
病人将病房挤满
你来过
但很快
你又成了下一个

我必须告诉你
你不必从这里学到什么
也不能以医生的名义
告诉人群什么

八
你这么做了
你去询问过很多人
但最后,你还是这么做了
你用钥匙
打开两扇门
一扇通往左边
另一扇,还是向左

旁观者

一

蓝色雨衣在树上挂了一夜
镜子中再无其他人
过往的神,也不知道
昨夜的交谈中
似乎所有的问题都消失了
答案就在那里摆放着
大雨落下来之后
我们还说了一些以前从未说过的话
但我还是觉得
不开口就好了
也许,真正的魔法和预言
都只能有一次

二

如果你
对我敬献给你的
还心存疑虑
你可以来找我
但请不要和别人谈论我
把生字找出来

搬出字典、铅笔盒
不能只是远远地站着
作为一个旁观者
撒下种子
却不担负责任

练习发声
或敲击器乐
不妒忌一列火车的好运气
他们，在哪里
都可以相跟着
在哪里，都和你
在一起

三

你给我的
我都会好好收着
没有什么比现在
更值得珍藏

一切都在安静中
我们在等那洪水退去
迅速成长起来的庄稼和植物

有雾的早晨
树叶在天上
将流云遮挡
湖泊还在树下盘踞
这里，刚刚下过一场雨
人们在大地上擦拭玻璃

有两个地址
还不能失去
拒绝，寻找
我们，一生都如此

一场偶然的事件里
被你所纠正
我也正好纠正了你

四

我常常想
你反复描述的
肖像，风景
一个人和他的静物

暧昧的亮蓝对峙巴黎
街车，外乡人的苹果

每一条光线都结构严谨

我常常在想
你的那些颜料
如果不放在一起
又将如何呢

你走之后
我给你写过三封信
爱的人还是只有你一个
现在,请允许我为你
做我要做的

五
令人臣服的果子
还未闪现
秋天之前
如果有相同的一本书
找到了
就随身带着吧

关于宇宙和星座
我知道的仅限于此
如果有什么疑惑

就去找一个画画的女人
她会告诉你
夜里那些无人打开的魔鬼和音乐

在那里，你或许
可以获知更多
会看到一些新加入的老面孔
有趣的队伍里
你会看到行走着的
夜游神和飞行者

六
趁你不在
我写下日记
一次写到龙卷风
一次写到长江中下游
轮船和大雨
但在给上帝的信中
我并没列出具体的
时间，地点
人物和名单

瓷房子

开始回忆
难过,伤心,怀念
并想起过去的样子
第一句话出现
碰到你
和你最后的一天

开始回忆,太阳底下
上一座教堂
海边的小酒吧
那不断的暧昧和试探
海水漫过来
晨光移动
城堡,花园
一道深渊,一条河流
一座碎片贴就的瓷房子
每一个橱柜、壁柜、壁炉
和烟囱的上面
都摆满了秘密的瓷器

看不到的人
在帮我们整理着行李
夜幕低垂,演奏到此结束
一个永不消失的世界
一只兔子,一个魔方
一棵开花的山楂树
舵手不远万里寻找的真相
避雷针和冒险王
出现在讲述里

每个人的内心
都有一本圣经,一条蛇
一个宫殿,一座岛屿
一个战场,一所荒凉的牢房
留守的童话和词典
蓝色大门,奔跑的火焰
庄园里挂满不厌其烦的铃铛、爬山虎
每阵风经过
我们的葡萄园、瓷房子
都以爱的名义开放

晚安之后

晚安之后
一些我们所不知道的事
还在发生
只是
不再说什么

有一个人
自始至终在那里
他是唯一的
可他却什么也不说
哪怕黑夜降临
哪怕，接近尾声

一直没有站起来
说，现在必须证明
没有说，等一等
因为他知道，越是简单的问题
越是无法回答的

一朵花能开多久
一场雨水在被什么支撑

有时候,我们说到玫瑰
其实也并不是要说到
那带刺的植物
有时候,面对大海
选择沉默
上帝在高处,祂知道了一切
包括现在,你还不愿透露的

晚安之后
房间充满了你不在的空
像无云的时候晴朗,明白的空
晚安之后
还是想送一朵百合给你
尽管已送过很多次
但是每一次,它又那么新鲜
就像仅仅开放在此地,此时
并不担心下一刻将会发生什么

凌晨四点,北极光越来越短

凌晨四点
我从黑夜中坐起
看到丢失的鞋子、门框、把手
沿着第七日
原路漂了回来

看到篱笆、木桩的四周
鸟巢,高高的树杈
深夜的酒馆,空气里
弥漫着陌生的茉莉花香
明月在空中低垂
想喝酒却找不到弟兄
对着矮下来的城墙和吊塔
举杯,独自沉醉

凌晨四点,这个秋天
安静而美好
邻居搬走了,留下了偌大的房子
高傲的人
没有谁猜中她
今夜流下了多少眼泪

凌晨四点的房间
从未真正地清扫过
角落里还存着蛛网、纸屑
和往日的旧生活
看到美好事物
还想千里迢迢地坐着火车
去你那里再看一条河
全神贯注地看你,忘掉了一切

我想自己就该这么选择一座小城
住下来,平静地看着周遭的
云、树木的自由
旅途未来到了终点我还不知晓
秋天来了,你还记得
跟着我们的孩子从海上回来看我

凌晨四点,北极光越来越短
在我这样的讲述里
出现凌晨四点暧昧的光
犹如酒吧里,摆满了
啤酒,危机四伏的玻璃瓶
衰减的液体被世俗的布帘所遮挡
群鹰离去,旅馆里住满了旅客
神和他的新欢
一些幻梦,比幻梦更具魔力的是醒着

我说的牧羊人

我说的牧羊人
他去了草原
他只有在异乡
才能遥望故乡
他和他的羊在一起
在下雪的火炉边
满怀喜悦地
谈论着天气
他感到了孤单
就让孤单继续孤单好了
他不害怕孤单
孤单又有什么好害怕的
有时候
他坐在角落里
苦思冥想
他从不擅自离开草地
他总说有一天
他会回到这里
他有我丢失的一部分
他从不在秋天
在爱他的事物面前
炫耀

等

你说大胡子惠特曼
你说他并不是每天都会来
他喝喝啤酒，其实什么也没干

他没有见过拉二胡的人
没有见过阿芙洛狄忒
老纺车，在纺着萨福
和她想念的瘦青年

他也不依赖任何人
只依靠悲伤的石头和带电的火焰
写下孤独的汤勺
和用汤勺喂大的高原

他什么也没有留下来
只留下了火车
火车通过了那里
走向他的空房子

没有人告诉他明天是什么
接下来又是什么

彻夜交谈也只为了倾听

他被死神领着前去会晤死神
他的山岗上，繁星满天，满目清凉
他曾经早早地等在那里
只是为了一个安静的晚上

当风吹过

生下来
我就学会了游泳
第一件事中,我就知道了泪水
人、煎熬和爱
一个人
需要石头和孤独
来陪伴他

当风吹过他的墓碑和田野
他不能总是远远地看着
远远地落在人群和队伍的后面

最后一吻

最后一吻,只献给这个国家
它在一个冬天的晚上
亮着的一盏小灯
灯下,坐着的你

我让你过来,替我看看被子
天越来越冷,雪越下越大
我让你过来,替我把床单上的
皱褶理一理,那把檀香木梳
替我从抽屉里找出来

我让你用它,再好好给我
梳一梳头发,你还记得吧
当年你送给我的这块小木头

我最后的一个吻,在冰箱里
已封存了半个多世纪
现在,我要把它取出来
献给你,这个冬天,黎明前的一刻

我让你过来,把炉火通得再旺些
借着火光,多停留一会儿
和你再说说话,说说
从前没机会,今后也再没机会说的话

夜多么深,窗外的老街上
那些店铺的门脸都已轻轻放下
只有银匠今晚看上去不同以往
他老了,靠在炉子前打起了盹
忘了把一个银手镯镂空

东方既白,天就要亮了
你还没有赶到这个城市
我躺在淡蓝的床单上
远远地看着你就坐在我的床前
就像海水,你在海水之上

天就要亮了,天开始为我移动
慢慢靠近,一生中给你的太少
你不会怨我吧。已经没有什么了
我还看着你,等着你
已经没有什么了,我只给你
我一生中这最后的一吻

再致阿波罗

现在,那钟声已敲响
摆在我们面前的,是一个新年
每一条道路,都在等我们经过
谁也不能预知来年
有什么奇迹发生。变迁或需要

可是在这里
有一段从你那里得来的信息
最能安慰我
你知道我一天能行多少路
你考虑了,然后安排我的行程
这条旷野的低路
以前,你也曾走过

何处崎岖、何处凶险
何处炎热、何处寒冷
你都经历过
所以你说:"我将慢慢地领你前行
因为这条路你向来没走过。"

现在,安坐于此
我并不感到害怕
一切都很安宁。没有人胁迫
也没有人前来打扰

这一刻的背后
谁还在担忧着
未来可能发生的一切
时刻提醒我:小心
不要让过去的事情再度发生

安坐于此,我并未感到害怕
一切都很安宁
那窗有一天自然打开
但也许不会。目前
我并不想知道这些

一直都在秘密寻找
那幸福,无论曾以哪一种形式存在
我都心中有数
始终相信,新的一年开始
一切都会慢慢改变
一切都会好起来

我始终相信
你能使我的荆棘变成花朵
你能使我遍地的植物
在雨后获得阳光
你会封闭一切左道
而保留唯一的正途

如今,这唯一的主宰权
我也交由你
请你不要让我的脚
走在一切不合时宜的路上
每当我偏左或偏右
请你让我听见你正确的声音
知道,你在召唤我

一切都来不及了

一切都悬而未果
一切似乎都来不及了

有人告诉我
秋天之前我将死去
和紫色的太阳
田野里茅草上的晨光
草尖上的一滴露珠一起

一切都悬而未果
一切似乎都来不及了

河面上再也没有我的影子
所有的来访均已太迟
我的灵魂走了
夜走八百，日行千里

只有爱情还死不瞑目
一只杜鹃和遍地的苦艾香
还站在这里，和黎明
一起出现在你到来
伫立、沉默的地方

我正走着的这条路

再过七天
请来将我唤醒
并使我有皈依之心

如果有人要歌唱
就让他先来走
我正走着的这条路

我将领他前去
先点亮你的灯
使他看到脚下的路基

你的右手扶好我
左边的肩
让他走得安稳

我安然躺下
睡前饮下那小半杯酒
早晨睁开眼
又看见那令人喜悦的光

看见你还是远远地站着
不带我走进你的帐幕
给我你的地图
只有一小群麻雀
喊喊喳喳，欢呼新来的一天
欢呼那不久就要逝去的

此外，没有多少令人高兴的事
来到银河系
巨大的木星，也总是提前告辞
回到它自己的座位上

一切都过去了

一切都发生过了
秋天和浆果
女神一道离去

一切都失去过了
唯一让我感到不安的是
你还在你的树上为我分担忧郁

我们在高过群山的地方谈论过生
在深过大海的地方谈论过死
一切都过去了
该来临的让它来临
该离去的让它离去
我们愿意和不愿意的,今后
都将跟随黑夜的旨意

去往南山

现在,我已接受一条河
一块石头,一棵树木的
馈赠和邀请
并化身其中的一部分

葱郁的山谷就在眼前
没有人能阻止我们
向着自然主义进发
任何桎梏、风暴都不能

一只松鼠
正在横穿马路
遥远的现实主义的草丛
生长在夏至未至
没有合同、真相
前提、履历表
只有花开鸟啼,泉声淙淙

这是一个天高云淡的
秋日的早晨
一切都是陌生的

我们在河流与山川之间
陌生地沉溺与跌倒
这频频的跌宕与疼痛
与日常经验，多么地不同

城市的喧嚣越来越远
天色、晨光，越来越近
隐秘的山道
通往密林的深处
一丛陌生的野菊花，恣意烂漫
开在随你去往南山的途中

预想中的

整张地图都睡了
预想之中的火车
离开预想中的城市和站台

北方到南方,路上
总有预想不到的事
预想不到的
人,在预想不到中到来

这是端午节后的晚上
菖蒲、粽子、艾草
一棵预想不到的树
挂满了预想不到的无花果

天空飘着神明、降落伞
一些不明飞行物
一封从未发出的信
大象,和它永远在一起的鹰

如果你什么都不说
将多么地完美

我们的五月和六月

然而，多么可疑的栀子花
多么可疑的月光和水
一切，在我们的预想当中
一切，在我们的预料之外

安康居

哪里也不去了,就在这个小城
坐南朝北,守着一条江
这是我最后的地址
一封信可以到达的地方

守着江水和两岸的秋天与渔火
看着寒风中的鹰、炊烟
棉田和菠萝。守着
麻雀的故事,老照片,邻居的旧生活

春天在安康,江南
江北,慢慢悠悠地长着
麦苗,水草在乡村、城池
慢慢悠悠地长着
这是我最后的地址
一封信可以到达的故乡

我一个人,慢慢悠悠地长着
变老了,左边的秦岭,右边的巴山
铁树,也在日复一日
慢慢悠悠地长着,变老

这是一个四季分明
雨水充沛的城市，我的
最后的地址，有樱桃
燕子、诗行和自由
两岸有一些和我一样的人
走过平平仄仄的大街
走过抑扬顿挫的小巷

哪里也不去了，就在这里
坐北朝南，守着一条江
守着我的土地，我花园里的
花，我的榉树和香樟

这是我最后的地址
一封信可以到达
一封信也不再到达的地方